U0019280

不想去上學

文：Foufou　圖：陳虹仔

邦妮天生勇敢、獨立有自信；
兔寶生來可愛、淘氣又善良。

她們一起吃飯、玩耍、睡覺，
不管做什麼都在一起。

直到有一天，兔寶要上學了，
兔寶不想跟邦妮分開，

她一直哭，一直哭。

於是邦妮給了兔寶一枝筆：
「想我的時候，就畫一個我，
就像我們一直在一起。」

兔寶不哭了，把筆握得緊緊的。

上ㄕㄤ學ㄒㄩㄝ的ㄉㄜ第ㄉㄧ一ㄧ天ㄊㄧㄢ，
兔ㄊㄨ寶ㄅㄠ想ㄒㄧㄤ起ㄑㄧ跟ㄍㄣ邦ㄅㄤ妮ㄋㄧ一ㄧ起ㄑㄧ溫ㄨㄣ鞦ㄑㄧㄡ韆ㄑㄧㄢ，
她ㄊㄚ好ㄏㄠ想ㄒㄧㄤ邦ㄅㄤ妮ㄋㄧ。

於山是戶她㚵用以畫人筆之替女雲山朵㚵加中上戶一一對多長紀耳於朵㚵，
就出像工邦乳妮陪多著生她㚵。

午餐時，兔寶想起和邦妮一起做飯的時光，她好想邦妮。

於是ㄕ，她ㄊㄚ畫ㄏㄨㄚ了ㄌㄜ邦ㄅㄤ妮ㄋㄧ大ㄉㄚ大ㄉㄚ的ㄉㄜ笑ㄒㄧㄠ臉ㄌㄧㄢ，
就ㄐㄧㄡ像ㄒㄧㄤ邦ㄅㄤ妮ㄋㄧ陪ㄆㄟ著ㄓㄜ她ㄊㄚ。

上學的第二天， 兔寶在沙堆玩的時候，
想起和邦妮一起去海邊露營，
她好想邦妮。

於山是ㄕ她ㄊㄚ堆ㄉㄨㄟ了ㄌㄜ一一個ㄍㄜˋ好ㄏㄠˇ大ㄉㄚ的ㄉㄜ城ㄔㄥˊ堡ㄅㄠˇ，
就ㄐㄧㄡˋ像ㄒㄧㄤˋ邦ㄅㄤ妮ㄋㄧˊ陪ㄆㄟˊ著ㄓㄜ她ㄊㄚ。

摺紙的時候，兔寶想起她們一起去森林，
於是摺了樹木和太陽。

數數的時候，
兔寶想起邦妮說可以假裝在數糖果，
於是一下子就數完了。

上學的第三天，
兔寶鼓起勇氣和大家一起玩跳房子，
她喜歡跳到有邦妮的那一格。

兔寶也和大家一起玩躲貓貓，
她想起邦妮會小心的把耳朵也藏好。

上學的第四天，
兔寶在風箏上畫了邦妮身上的黑色愛心，
風箏飛得好高好高，　兔寶玩得好開心。

上學的第五天，
老師要大家畫一幅畫，
兔寶把這幾天記得的事都畫下來。

兔寶把畫帶回家：
「邦妮，我用那枝畫筆畫了
一張大大的畫喔！」

「我還沒有畫完，我們一起畫！」
兔寶喜歡邦妮，現在，她也喜歡上學了。

不想去上學

文		Foufou Creative 福福好創意
		福福好官網 https://www.foufoucreative.com/
圖		陳虹伃
主 編		胡琇雅
美 術 編 輯		蘇怡方
董 事 長		趙政岷
第五編輯部總監		梁芳春
出 版 者		時報文化出版企業股份有限公司
		108019 台北市和平西路三段 240 號七樓
發 行 專 線		(02)2306-6842
讀者服務專線		0800-231-705、(02)2304-7103
讀者服務傳真		(02)2304-6858
郵 撥		1934-4724
信 箱		10899 臺北華江橋郵局第 99 信箱
統 一 編 號		01405937
時 報 悅 讀 網		www.readingtimes.com.tw
法 律 顧 問		理律法律事務所 陳長文律師、李念祖律師
初 版 一 刷		2019 年 11 月 29 日
初 版 二 刷		2022 年 10 月 24 日